十年如一 颜如玉

李伟强 著

十年如一
颜如玉

李伟强 著

SHINIAN RUYI YANRUYU

十年如一 颜如玉

李伟强 著

郑州大学出版社

图书在版编目（CIP）数据

十年如一颜如玉 / 李伟强著 . -- 郑州 : 郑州大学出版社 , 2018.6 (2019.4 重印)
ISBN 978-7-5645-5555-9

Ⅰ . ①十… Ⅱ . ①李… Ⅲ . ①诗集－中国－当代 Ⅳ . ① I227

中国版本图书馆 CIP 数据核字 (2018) 第 108096 号

郑州大学出版社出版发行
郑州市大学路 40 号　　邮政编码 450052
出版人：张功员　　发行部电话：0371-66966070
全国新华书店经销
河南瑞之光印刷股份有限公司印制
开本：787mm × 1092 mm　1/16
印张：14
字数：220 千字
版次：2018 年 6 月第 1 版　　印次：2019 年 4 月第 2 次印刷

书号：ISBN 978-7-5645-5555-9　　定价：58.00 元

序言一

石河

走下编辑的岗位，放下“作嫁”的剪刀，一晃窗外的沙枣树就绿了十七八次。蜗居边陲小城，正当诗歌在我那被白内障步步进逼的视野里渐渐“朦胧”起来的时候，一部散发着青春和时代气息的新的诗集，从七千里外飞落我的案头。感谢你——诗人李伟强，让我有幸成为你这部新著的第一位读者。

“摩挲老眼开层云”，我急匆匆又小心翼翼（诗集印制得精美令我有点儿“胆怯”）翻开第一页，眼前立刻展现出一片诗意弥漫、风光无限的诗的原野。我贪婪的目光立即在这片原野上漫游，山一程，水一程，山送水迎，不知不觉便到了“景区”的出口处——最后一页。意犹未尽，刚想再“重游”一次，突然被一只伸过来的手打断了：“爸爸，你在看一本什么书呀，这么入迷？”女儿放下制图的笔，夺过诗集，不料一眨眼也被那本书牢牢地“俘虏”了。

对于诗的判断，我一直是“跟着感觉走”的。虽然我对自己的感觉有时还不太自信，但我相信作为作者的同龄人——我的女儿的感觉一定比我更准确。据此，我便判定这是一部值得认真品读的诗集。

我首先看好的是这部诗集的“质地”和“内核”。诗歌是诗人灵魂的展示。我们面对的就是一个干干净净的值得敬重和信赖的灵魂，诗作格调的高雅就可见证。抒情诗歌是诗人感情的喷薄。这里就喷薄着爱情、亲情、友情、乡情，对山川草木的依恋之情和对国家民族沉沉的大爱。摸一把，便可以感到它的“温度”；掂一下，便可以知道它的“分量”。

诗作在艺术上是相当考究的。每一字、每个词组、每个句子都经过了精心筛选、精心组织、精心打磨。尤其是那些玲珑剔透的“短曲”“小令”，既饱含诗趣，又深蕴哲理，经得起反复咀嚼和品味。明朗不流于肤浅，含蓄不至于晦涩，尺度把握得极好，俱见诗艺的娴熟。尤其是那些优雅的、温润的、潇洒的、飘逸的、细腻的、精美的，带着诗人的“体温”和“心跳”的语句，尤其令人心醉。

诗人手中有一支仿佛直接连着大脑和神经的得心应手的笔，愤怒时笔端喷着火，悲痛时笔端流着泪，温情脉脉时笔端漾着春水，深情缱绻时笔端飘来夜莺的“小夜曲”……读者的感情随着诗人一同起起落落，翻着浪花。

作者大约也踩过“现代派”诗人的脚印吧，但并没有跟着那些“先锋”们在“现代”之路狂跑，把“传统”踩在脚下。对“传统”，他有割舍不断的情结。对来自这两“家”的东西他都有足够的消化力。中外“混血”生下的那个诗的宁馨儿自然是集众美于一身，独具风采，亭亭玉立于诗歌之林。

中国新诗已走过了百年的路程，争议之声仍不绝于耳，这很正常，也非坏事，风浪总是伴随着海轮的。但也确有令人忧虑之处：一方面，诗坛上众声喧哗，热闹非凡；另一方面，书店里，新诗的地盘在步步收缩。在此种“气候”下，伟强那部“处女”诗集居然飞上了几万名读者的书架，伟强也因此被送进“畅销诗集作者”的队列。“冷”空气下的“热”销，作者靠的绝不会仅仅是运气。认真研读他的诗作，破解一下那“畅销”的“密码”，对于提高众多诗人的诗艺乃至把握当代诗歌的正确走向，应该是一件很有意义的事。建议我们的理论家们不妨一试。

自然，也有人会对“畅销”二字做别的解读，在他们看来，它与诗在文学大家族中的“贵族”身份不太吻合，仿佛“曲高”注定要“和寡”，只有“和寡”才能反证“曲高”。请不要迷信宋玉当年糊弄楚王的那番高论吧，试看，一千多年来，不管诗坛上如何风云变幻、“改朝换代”，那位天马行空、高唱入云的诗家天子李太白，哪一天身边缺少过铁杆粉丝？

伟强是从“校园诗人”的队伍里走出来的，但这棵在校园里伸枝展叶的诗歌之“树”却早早地就把他的“絮根”伸出了校园的高墙之外：早在读大二的时候，便背着相机，迈开双脚，“拜访”过中州大地的村村落落，为它们一一“留影”，把它们送上了电台，“请”进了展厅。跨出校园不久，又匹马单枪，驾着“双轮驱动”的“专车”，历尽艰险，穿越了大半个中国，完成了一次比当年红军的“两万五”还长的“长征”。近几年，这位一分钟也安静不下来的诗歌“圣徒”又频繁地转换角色，转战于人生的各个战场，出没于社会的各个角落。这一切，自然都进一步开阔了他的视野，充实了他的“库存”，使他对社会和人生有了更深的领悟，使他的诗作在更多的心灵的回音壁上激起了隆隆的回音！据此，我们对他的明天有了更高的期许和更充分的信心。

伟强不是红透诗坛的大腕，也不是傲立于诗史上的巨人，但是他的确是一位最本色的诗人，一位令人感动的诗人。痴迷于诗，执着于诗，忠诚于诗，献身于诗，风风火火二十年，二十年如一日。但把“苦苦坚守”用在他身上似乎又绝对不合适，在他眼里，诗中虽无“黄金屋”，靠它发不了大财；但诗中确有“颜如玉”，那是他终身相伴、生死不渝的“红颜知己”。他其实是哼着曲儿、撒着欢儿，在诗的跑道上赛跑，在诗的山径上攀登的。是李伟强成就了诗歌，还是诗歌成就了李伟强？也许这本身就是一个伪命题。诗即人，人即诗，“诗人”二字，原是劈不开的。所谓“诗人”绝对不是仅仅只会摆弄几个分行文字的“写诗的人”，一个真正的诗人本身就应当是一首诗，一首矗于天地间的大诗。试看汶川地震灾区那地裂天崩的生死线上，大楼轰隆隆崩于前，相机高高地举在手，那不就是我们的诗人李伟强在用他的生命，“押”着一首大诗的“险韵”吗？

当我在伟强精心营造的诗的原野上散步的时候，一位“小友”一直在陪伴着我——佑佑，一个爱的精灵，一个美的天使，在诗人爸爸的臂弯里，笑着，小手指向远方。

佑佑，你看到了什么?

——一片诗的蓝天。

一片诗的大海

海滩上，一位诗人

正拨动着心灵的竖琴……

（石河，著名诗人；历任中国作协全国委员，新疆作协副主席，新疆生产建设兵团文联副主席，新疆生产建设兵团作协主席，石河子文联主席，《绿风》诗刊主编、顾问。）

2018 年 6 月 8 日

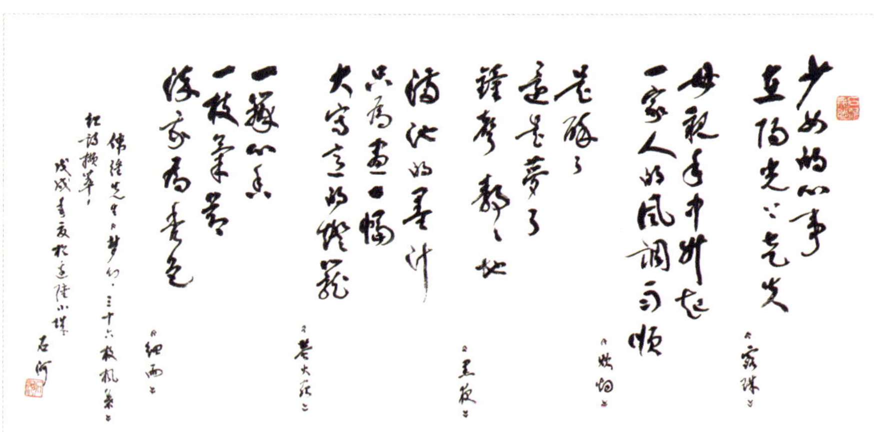

石河先生手书《十年如一颜如玉》诗集撷萃

序言二

刘家骥

我榻前这摞诗稿是青年诗人李伟强，继《穿过你的黑发我的眼》《滑落的季节》《其实》之后即将出版的第四部新作。在这个诗人纷纷作鸟兽散的时代，我被这位“教规之外最虔诚的信徒”（《诗歌与宗教》）的这份执着而深深打动。在诗家慨叹出版难的今天，这位年轻人能有如此好的成绩，这无不说明：李君的诗读者是喜爱、欢迎的。

李君少年时代便热衷于诗歌创作，高中期间便引起关注。他的诗文字凝重、干净、优美、细腻，字里行间透露着淡淡的悲愁和飞蛾扑火般的激情，可谓情真意切、感人肺腑。

首先凝聚住我目光的是《家门》这首诗。它不过短短六行，把游子的乡思寓含在“一片褪尽色彩的枯叶”的意象之中，构思新颖，耐人寻味，很有诗意。类似这样耐品味的诗或某些诗句，还有许多，如“涨潮的夜晚 / 我的心 / 是一只没有桅杆的船。”（《梦幻 · 三十六枚枫叶》其四）；“启航的消息 / 打湿我多少探险的梦啊”（《梦幻 · 三十六枚枫叶》其五）。

当前的诗坛并没因部分诗人的离去而静寂下来，诗坛仍处在“乱花渐欲迷人眼”多元并存的“繁荣”（我看是“混乱”）时期。关于诗，有许多议论。不管怎么说，我是坚持以下两点的：

诗，作为“心灵之歌”，是一种特殊的文学形式，应有真切的思想、情感内涵，或以激情盈人胸怀，或于某种意境、语言中蕴含深厚的思想或情感，启人想象，有言外之意、诗外之诗。而从语言上说，除应特殊精练外，又往往有不同于一般语言的“诗家语”——它看似不合乎语法规范，有悖生活常理，却是客观经过诗人情感浸染后在心灵中的映象，如“打湿的梦”“醉倒在思念的秋里”（《家门》），“秋天的溪水、落叶撞击摇摆着风的传说”（《玫瑰与刀锋》）之类。能如此者，方可言诗。李伟强的诗是具有这种才华与气质的，此为其可贵之处。

诗亦不应如“纯诗”论者所说的那样，诗只是诗，只有审美意义，若言它还有什么社会功利，那是强加于它的额外的深重负担。

诗人是社会群体中的一员，作为表现他在社会生活中的所见、所思、所感的“心灵之歌”的诗，怎能没有社会作用？相反，利用其审美特性，在社会活动人际交往里，于审美之中，还往往存在一般语言所不能取代的理想效果。

或许有人还记得1978年3月郭沫若在全国科学大会上那篇题为《科学的春天》的发言，结尾处有这样几句诗：“春分刚刚过去，清明即将到来，日出江花红胜火，春来江水绿如蓝，这是革命的春天！让我们张开双臂，热烈地拥抱着春天吧！”话音未落，掌声顿时响彻会场，其给人印象之深，鼓舞之强，胜似万语千言！正因为如此，不只是诗人才写诗，凡有一定文化素养者，大都同诗有缘，是诗的爱好者。

诗的广泛性，还在于自身天地的广阔：它可以用三言两语写个人的生活感受与哲理发现，也可以洋洋洒洒放眼世界风云；它不仅写爱情、友情、乡情，还可咏歌人民的苦难与欢乐、反映社会的发展与变幻，一些有成就的大诗人往往给后世留存许多佳作。

李伟强虽然还年轻，写诗的历史也不长，可他既有诗人的气质与才华，又痴迷于文学，在前进的道路上，多读不同流派名家佳作，并在提高诗的艺术质量及开拓诗的题材天地上，作些努力，是大有可为的！

我于语文、写作教学之余，从事诗歌创作研究近40年，虽已垂垂老矣，仍关注我国新诗之现状与发展，仍愿尽力帮助有才华、有希望的青年诗人与学者。

应李君之邀，乐为之序。

（刘家骥，著名诗歌评论家，诗人；郑州大学中文系教授，河南省写作协会顾问、河南省文学协会顾问。）

1999年11月20日于郑州大学

注：该文是刘家骥先生19年前为我的第四部诗集撰写的序文，后因毕业、工作等诸事变动，出版事宜便搁置了下来，多年来一直引为憾事。现应出版社之邀，将我1998年至2018年创作发表的部分诗歌结集为《十年如一颜如玉》出版，正好将那段遗憾弥补，但因质量和篇幅限制，本书只收入了19年前计划出版诗集中先生序文提及的上述几篇诗稿，更多篇章是在充分考虑不同时期创作特点基础上，收录的近10年内的作品。

言及有幸受教刘家骥先生膝下，多蒙郑州大学老子学院副院长李帮儒教授引荐，自1997年始蒙先生教诲至2007年先生仙逝，其间10年先生虽年近80岁高龄，仍然数度提笔在《诗刊》《作家报》《城市早报》等报刊撰写诗评对拙作给予推荐，每每想起无不倍感温馨、鼓舞。

先生之大义，诚如著名诗歌理论评论家，河南当代文学学会会长、河南文艺出版社原总编辑单占生先生在《我们的导师刘家骥先生剪影》一文中的缅述：“先生不仅仅是一位传道授业的导师，更是一位一生都迸射着诗的灵光、一位用自己的生命之火点燃别人的生命之火的诗人，一位集诗人、学者与教授为一身的教育家，一位在我们的心中占据着崇高位置的导师。”

先生仙逝，给我们留下不尽的财富和无限的思念与忧伤。谨以此序文，作为对先生的敬意和沐浴恩泽的缅怀。

前言

我以为最好的时光都留在了少年。

20 年后，再次走近诗歌，都来不及感受久别的陌生，曾经熟悉的记忆就迫不及待地闯进了心里，仿佛又看见了自己那莽撞的青春，或许，这就是文字的魅力！

在所有记忆里。

写作是唯一一种从不厌弃和失望的体验。或是偶有所悟，或是独处沉思，不论短章亦或长文，渴望、诉求、梦想和探索都通过文字呈现，一颗真诚的心包裹锤炼成各种文字。慢慢感受、渐渐理解、终于懂得，世界不是缺少美和善，而是缺乏发现、洞察的眼睛，文字引人思考，也锤炼心性；人生因历练而坚挺，文字因人生而丰满。这种思考和沉淀，化为一首首诗的倾诉，渗入血液。

诗歌是密码，也是罗盘。人世间有很多奥秘，诗歌的遣词造句就像密码，指引着通往大道，大道或直行，或曲折；诗歌又像罗盘，能够荡涤人心、清心明目，指引触摸各种美妙、进入各种世界。在这个世界里，我以我心为世界注解，为世界代言；我以我身感受世界、交流人心；我以我的灵魂在天地遨游，写下生命的代言，留下大我！

然而，成为一个书写者，并非易事。

七堇年说：“写作，是一件空山问雪之事。在一片白茫茫的孤独中，你的提问化为回声，反问着你。而答案，如果有的话，则被覆盖在白茫茫的深处，随着春天的到来，消融，或者发芽。”

这让我想起了丰子恺的《山中避雨》，文中写到他秋日和两个女孩到西湖山中游玩遇雨，暂避于一家小茶店，体验到“山色空蒙雨亦奇”的感觉，却无法把这种心情“付诸言辞”传达给店里两个苦闷抱怨的女孩。

于是，借来胡琴，拉起小曲，两个女孩和琴歌唱，最后，引得青年们围观，齐声合唱。众人在那荒村里，用音乐绘出一幅温暖的画面。

离去时，丰子恺不由得感叹，“古语云‘乐以教和’，我做了七八年音乐教师没有实证过这句话，不料这天在这荒村中实证了。”

不论是“乐以教和”，还是“厚积薄发”，都在告诉我们，艺术、文学等精神层面的追求，从来就不是一蹴而就的事，需要慢慢浸润，锱铢积累。发现的路上，既有惊喜，也有平淡，更有沮丧；创作的路上，既有云开雾散，也有万道金光，更有乌云密布。人需要时时与自己较劲，也要能够忍受平淡和寂寞；面对一事无成，不能气馁，能否坚持、坚持多远，总归是考验心性的最重要标准。

诗歌是文学的皇冠。作为一个诗歌创作者，面对过多大的惊喜，也承受过多大的失落。不过，文学创作就有这样一种魅力，当孤灯之下、直面自己的内心，你的心中总会升腾起不歇的梦想。那种值得为之拼搏的力量，一定会重新回到自己的身体里，这也许就是《十年如一颜如玉》之所以能够出版的原因。

电影《天使爱美丽》的一句台词让人久久难以忘怀。乡间少女艾米莉捧着本厚厚的书，阳光轻轻铺洒在身后，微笑如光洋溢在脸上。面对表情模糊的巴黎铁路售票员，她一字一顿地说：“如果没有你，良辰美景堪与谁说？”

写作的美好，轻盈如春风细雨卷过花瓣，凛冽如酷暑的正午浇下清凉。它写人心、写世情、写风景，它痴迷爱情、家庭与传奇，它记录历史、呈现妙境……

人生点点滴滴的生活，走过历史的感悟，一个个字垒起的梦想堡垒，造就了独属于自己而有益于他人的“伊甸园”与“在人间”。时光易逝，但谁也夺不走那些奋笔的夜晚和时代的沉思；时光如利刃，却不能消磨那蓬勃的希望和刹那的芳华。

都说每过十年是生命的交叉点。仔细想想确有巧合。

在人生的四个十年里，我对时间有过不同的期盼。唯有人到四十，才深有所悟。时间正是生命的上师，它引领我穿过每一个十年，完成每一次蜕变。我却永远不知道下一个十年怎样，但却越来越清楚过去的十年对我意味着什么。

这本书，是我两个十年（1998 年至 2018 年）创作的结集。一首首诗歌，串起了人生的历程，织就了梦想的旅程。或许它也是每个人心底都潜藏着的那一个远方的梦。熟悉的地方已经没有惊喜，人心思动，渴望浪迹天涯。

愿书中的某处风景能悄然打动你。

最后，感谢诗歌，在过去的 20 年里，它如此深刻地改变了我的人生。我受惠于它，自当有记录它的责任。

2018 年 5 月 1 日

目录

第一辑　境界

第二辑　局部

第三辑　润声

第一辑　境界

我也如此精心地爱过生活

在一朵小花里安身

莳花弄草

把忙碌的日子

过得有滋有味

想想

曾经我也——

如此精心地爱过生活

囚

喧杂静止于门外

这里的静属于一座孤岛

自由和速度

在丛林的深处

记忆薄得超过一张纸

只有习惯了圈养的青草

和拥入人群的花朵

还没把繁华用尽

炎凉用尽

折叠的目光

投下密织的蛛网

网与网之间，没有过度

每个独立、自由的门

都打着饱嗝

像迷失多年的我们

被自我的牢笼吸入其中

我们看笼中的动物

何尝不是它们看更大笼子里的我们

喧杂散尽、人群散尽

我却无路可回

像迷失在阴郁中的斑马

而困住我的牢笼

是变向人格化的自己

与牢笼对望

却不知道谁在其中

自由是牢笼的主宰

牢笼是记忆之外的天空

蝴蝶定格在起舞的一刻

时间停滞在玻璃相框里

一只蝴蝶轻盈的姿态

定格在翩翩起舞的一刻

完美如熟透的果子

栩栩如生

一切都在诞生

一切也在消失

没有灵魂的躯壳

是喑哑的花火

是海沙留下的足迹

是冠冕的旗

扇动羽翼

向曾生存过的世界耳语

“我的呼吸

不该就此停止”

彩云追月

中秋的夜
辽远而寂静
风是童年裁剪过的夜色
一如敲门的桂花
扣人心扉

今夜月在远方
有满满的思念
自这秋露成霜的星空
凝成皎若的琉璃
在离人心上结出追月的合愁
我不敢低头
生怕斑驳的月影把思念打开
也把心中的郁悒和幽怨打开

泪水是深藏在光波里的柔情
深得只剩下桂花的清香
汩汩地流向时光的深处
顺着风指出的方向
一望再望……

烛光，跨过火焰

膨胀爱的蓓蕾

恰似圣洁之花的精魂

绽放在午夜的中央

像孩提时母亲的微笑

暖从脚下升起

穿过云的锦衣

把秋意裸露在风里

把夜色烹煮成一盏浓茶

无须饮下

今夜便已注定无眠

曾几何时，走在月光之前的脚步

在千里之外的村庄

追赶过同样金色的月亮

在天涯与共的此刻

越过深巷和曲桥

照进我单纯、生动的童年

恰如，花香回到蓓蕾

虫鸣回到田园

果实回到枝头

恋人回到爱情……

而今夜

月是夜空唯一的游子

和我一起寄居在彩云隐匿的异乡

一条路

比水静

比草低

一条路

在阳光下行走

在夜色里躺下

春天

它在掌声之外

盛夏

它在流火之中

秋天

它在收获之上

冬天

它在鲜花之前

一条路

被钉在地上

被地撑着

一粒种子的爱情观

生命寄存的风景

凝结在谷穗上

似恋人谈论的梦想

辉煌而短暂

庄稼和爱情一样

幸福很短

思念很长

一个笑脸

就是一个秋天……

桃园听雨

离别，像雨丝越拉越长

流动的花瓣

踩着水灵灵的碎步

借助雨水打量自己的影子

誓言恰如枝头的春色

墨迹生辉

雨，是孤独的灯

花，是诱人的色

雨丝徐徐

桃花依旧

似恋人酡红的脸庞

摇曳着桃园沁淳的芬芳

泰然飘落

走向没有回程的远方

像去年何处的相逢

在怀揣心事的桃园

植下温暖的思绪

在空白的画布

勾出花期的主题

荆棘的桂冠

麦子戴上荆棘的桂冠
驻扎在我的心里
躲开挫伤的镰
在雨点飘落的麦浪里
以梦为马
在麦穗上驰骋
这么多年
孤独的思想
在阳光下活成了自己
像一朵云
忘记天空的脚步
停在远方
喂养我荒芜的岁月
雪亮着我眺望的眼睛

镌刻爱情

记忆的疤

像个想吓唬别人

结果被自己吓着的孩子

藏不住秘密和忧伤

正如

藏不住欢喜与彷徨

每个人都有一道伤口

把最殷红的鲜血涂在那里

一些因为疼

更多源自痒

向日葵

稚嫩的脸
终究还是跑不过日子
和我一样人到中年

丰腴的梦想
把脊梁压成一张弓
捧出颤栗的心灵
一步跨过盛夏
深秋的背景是回不去的青春

每天午后
我都会坐在她的身旁
聆听她的细语
仿佛一对恋人
看到自己的前生
看到自己的来世

她的呼吸连着我的血脉
是我生命里温柔的律动
我们的渴望

是所有花朵的渴望

我们的理想

是所有花朵的理想

麻雀

一只麻雀

落在文字碾出的年轮里

歌声一瘸一拐

像一位吟诗的少年

这么多年

我都无法完成对自己的救赎

打开窗户

同时也打开自己

看清自己

告诉自己

目光彷徨

远方必将模糊

夏天

蝉声

镶嵌在白杨树的一角

绿阴下

忙碌的针线在母亲手中起落

犹如火一般的鹧鸪

被一群云朵领着

在绒羽软滑的夏天跑得飞快

在热烈的阳光里挥汗如雨

草木多情

摇曳着沸扬的激情、繁衍的欢愉

尽情地释放青春的活力

在每一丝风的缝隙间奔跑……

像一曲光阴媚人的歌谣

芬芳着时间

正经历一番君临天下的奔驰

灯火

穿过河流

覆盖过往

留下傍晚的雨水

反复冲洗着雷鸣的天

闪电是天空摆脱不去的诱惑

背负沉重的秘密

告诉我——

雨水是江河的涅槃

天地博大的重生

心源牧歌

云堆砌在羊背
羊群把自己种在草原
滋腴着辽阔的天地
悠闲地牧放着塞北的时光
一同牧放着游客的心情

昂着头
以多情的唇
吻过天空、草地、湖泊的飨宴
吸纳天宇的广袤
无垠的绿洲

赤裸的毡房
嚼食着初夏的云朵
是灯火捅破的晨夕
是碧波上潺潺淌出的圆月
缓缓地漫过牧民的帽檐
将草原的昼与夜、光与影、行与意
融化在银河里
融化在羊群的呓语中……

有一盏灯火在生命微弱处

探索者的心是孤独的

熄掉所有的灯

恢复夜原始的暗

回到孩提时代

回到心的原点

问问自己

光在哪里

人到四十

朋友说

这是最好的年龄

四十岁的气质里

藏着你走过的路、读过的书和爱过的人

四十岁

不是年华，而是心境

不是离愁，而是隐喻

四十岁不到

一切尚早

四十岁

信心朝向自己

是告别，也是开始

是内省，也是希望

向不被期待的祝福

告别

拥有是幸福

离去是曾经

四十岁

岁月旅痕清晰可辨

唯一的意义

是提醒

人生自此

一分为二

回首

闲庭信步

瞻望

壮怀飞扬

四十岁

敲响幸福的门

选择和被选择平常依旧

用单纯的态度迎接生活

用他人的眼光审视自己

一路奔走

一路向前

一路顿悟

将辉煌淡然地举过头顶

在阳光下

保持缄默

螳螂

弯刀藏在睫毛下面

上翘的嘴唇

暗红的舌头

一张精致的面颊

似盛开的桃花

躲进枝叶清冽的波纹

像一朵暗香残留的吻痕

掩住潜伏的欲望

仿佛苟且的生活和熟悉的把戏

就在原地

刻意留下空白

…………

想起生命中的微光

一

鱼逆流而上

像风筝借力

慢慢靠近高过天空的花朵

浪花不断下落

累积一层一层远去的时光

龙门，依旧在夕阳里

在雷鸣闪电中

二

成年的世界

真是让人看不懂

人们评价自己时

总是习惯性地

争论

谁比谁更傻

就像少年时

我们争论

谁比谁更聪明

关于灵感

他说

你怎么能不抽烟呢

作家的灵感

不都是让烟熏出来的吗

没有烟

你怎么写作

她们有关系吗

我想

灵感和烟无关

或许

只与孤独有关

但孤独

又是一个何等高尚的词语

想想都觉得奢侈

所以

孤独我也没有

所以

孤独我也戒了

记忆从土地出发

喜悦和忧伤都打动不了他
他就像一位历经沧桑的老人
懂得真正的沉默

炊烟从记忆的屋顶出发
缓慢地汇入童年傍晚宁静的霞光
漫天遍野散发着浓烈、湿润的香味
收工的耕牛在吆喝声中走上狭窄的田埂
和着柴草、饭香咀嚼着满是蛙声的农舍
这是我关于土地最初的记忆

满身的泥巴和父母的责骂是土地的礼物
在牧羊人扔弃的一间小屋里
乔木与野草把废墟修饰得壮丽无比
那么多的庄稼、花草、儿时的小伙伴
有了小屋就有了土地上自己的一片天地
它成了侠客寄身的客栈、英雄激战的堡垒和童话中出走的恐惧……
小屋陪伴脆脆的笑声
如同朝阳的起落
每天在暮色中睡去

从鸡鸣中醒来

一切，都来自泥土
那年
地火包裹着枝头萌动的冬芽燃烧
小屋迅速带着草籽疯狂地生长
庄稼、杂草吞没了赤脚的小屋
陆续耗尽了我们的少年
以及记忆中颤抖的幸福
小屋又回到了土地
而火依然停在远方

人到中年
生命开始默默地向我们道别
眼中熟悉的背影渐渐消失……
阅尽一切生死的土地
阅尽一切枯荣的土地
不会挽留什么
也不会目送什么
第一次从土地上感受到痛苦
好像自己被连根拔起……
悲痛

落在心里

记忆印在昨天

就像母亲从婴儿口中拿出的左乳

一会儿

婴儿又从右乳得到安慰

而土地上的故事

依然像忠诚的耕牛

奔跑在我的记忆里

头顶是杳远的蓝天

九月，膜拜烈焰

高粱
和阳光站在一起
锦冠、须络、长柄
所有的高粱都是同一棵高粱

去年它们从土地出发
现在它们又回到土地
苍绿的影子缀满铜质的果子
迎着风
舞动、盘旋、上升……
像随意摆荡的钟声
永远是奔跑的姿势
在沉重的风与滚烫的火之间
在疾驰的雨与焦灼的闪电之间
在安详与平静之间
在黑夜与黎明之间
统一着整齐的衣衫
仿佛一群人
喊着整齐的号子
击鼓而歌，而舞

在空中

化成片片晚霞

铺到天边

九月，阳光已经熟透

热浪穿过朗笑的绛红

是一年中最庄重的时刻

红焰飘舞

高粱在燃烧

根也在燃烧

这一刻

生命又一次淬火

热风碾过的土地

和平的钟声将幸福传递

长风流苏，火焰高长

从莫桑比克的溶洞到《本草纲目》的记载

高粱有最原始的元素

堆满泥土、石头、杂草、虫鸣和希望

被栽培驯化的高粱

也驯化着人们

热风流过高粱

也流过人们的血液和骨头……

我，与一棵高粱站在一起

手牵着手

像一座不可逾越的城郭

当人们靠近

高粱和我就产生了距离

谨慎地监视着人们

洞悉着一切

小心翼翼地——

和落日一起倒身在大地的深处……

醒来，已集聚在村庄的空地

一些散发着酒香

一些正被我的诗歌收藏

家门

站在岁月的门前

我永远是那个和门楼一起

眺望原野的孩子

即使是那一片褪尽色彩的枯叶

也要在某个黄昏

跌落在老家的篱前

父亲

乡村的脊背
贴着地面
挨着草木和庄稼
像一枚诱人的果实
在夕阳的炊烟里
笑成汹涌的涛声

父亲手中的犁铆
是涛声里的孤舟
是父亲远行的足
在荒草间
日复一日
在 24 个节气里走完一年
收获一季庄稼
他不舍昼夜
他不避寒暑
他满身尘土
他内心干净

父亲

把种子放在大地上面

父亲

把河水放在大地上面

大地的丰盈

还是瘦削

只有父亲知道

父亲

低头，生机盎然

父亲

抬头，云卷云舒

大地的一季

是父亲品质的一生

母亲

秋虫歌声如镰

把深秋的露水收割

暗夜隐去的疲惫

是一件

明天就要远行的冬衣

长灯下

母亲额头惊心的白

是岁月深处最浓最深的霜迹

浓缩了所有星辰和悲欢

她饮尽风雨、咀嚼甘苦、体味得失……

似雪飘落

穿过母亲手中的针线

眼里的泪花

冬天的暖在我体内蔓延

雪是春天的色彩

花香开在雪中

这白，含有春的所有色彩

状似黎明前的觉悟

轻盈如梦

洁白如新

像极了婚纱里娇羞的新娘

有着火一样的热情

水一样的纯净

线一样的腰身

环抱着鹂歌

躲在暗香如雪的目光里

含羞娇笑

恰似誓言的去处

悄无声息地飘落

像

雪

封隐或是暗喻

雪在云朵之上

暗藏岁月无法破译的密码

以苍凉之势与天空对峙

她

素颜如梦

雪在红尘之中

闭目品读季节封隐的暗喻

以锦瑟华年参悟星月流转

她

宿命如水

雪踏春而至

把命运的纹路紧紧握于掌心

恰如蕊中伸出的幽梦，轻轻一摆

她

红唇止语

雪临水而安

她是露水将落未落的泪珠

蓄满被时光收割的期待

她

余生已定

最美的风景在远方

一

霞光挂满十月的枝头

为季节的谢幕

稳住檐角最后的落日

候鸟的翅膀

扇落

徘徊在枝头的枫叶

露出鸟儿越冬的巢

二

谁

一次又一次在那里消失

一次又一次颤动

摇晃着重复地站立……

留给我们一次又一次

淡绿、淡灰的空茫……

三

橘色的夕阳

骑在云端

画出自己心爱的风景

贴在天空的脸上

被风

投入水中

打听湖心的年轮

四

一条路从远方而来

一条路通向远方

义无反顾的脚步

从清晨淡淡的雾中醒来

目光

栖在——

云的枝头

五

林间

几声秋蛩的轻吟

荡起你我千年的邀约

那是一辈子都要追随的身影

珍珠

时光

还有另一间房子

石墙、深龛

沐浴着清晨的阳光

那里

居住着一位姑娘

她有晶莹的臂膀

夜行者

最浓的黑是绝望

夜的逃离者

把自己和夜的窠巢一起关在门外

横七竖八的路

跟夜一样珍贵

黑暗的赞词

披着太阳的光

有火焰的基因

是火的一部分

独步

远行

不避风雨

不留行踪

月光下的女孩

七月的记忆很浅

像辆轻盈的马车

驮着风儿

在草尖行走

今夜的诉说

与黎明

隔着整整一生

破茧

等到，柳叶铺展

陇上花海归来

我要

驾一叶纯白的轻舟

驶进梦的伊甸园

应和翅羽的节拍

吐尽

一生的相思

化作

起舞的精灵

只为在你眼前

闪过

月牙泉

绛珠草抖落的半颗眼泪

洗蓝了天空

浣白了云朵

化成一钩新月

依在鸣沙山的臂弯

听历史的风从耳边吹过

看岁月的雨自眉梢漂来

风一程

雨一程

无论前世

无论今生

一样的风华

一样的生机

月牙泉

舞动油油的轮藻

载满跃动的星辰……

在仗剑而歌的蒹葭里

荡漾

鸣沙山

黄风挥出颗颗热泪

是敦煌乐舞流泻的古道深情

鸣沙如思

一聚成泉

是沙与泉前世续盼

今生的牵手

如果鸣沙山没有如月的泉水

脚下的黄沙只是未曾风化的记忆

瞻仰的目光和趋之若骛的思绪

也仅仅是停在大漠的岁月

掬一捧泉水

以鸣沙怡性、月牙洗心

在罗布麻花旁

看清丽的树影撒在月牙泉

看月牙泉停在落日的晚风里

透着淡淡的笑意

在心头回荡……

崖上老藤

脚步无可期冀的巅峰

惯于攀附的藤蔓

绝境中

展现铮铮铁骨

翻越人生的藩篱

醒悟的帷幕

是草木的一春

人生的顿悟

自由——

是一根无形的鞭子

拷问扭曲的灵魂

令软弱、颤栗、丑陋溃逃

用自然的苍劲

教会我们挺起脊梁行走

爱情定义

智者说

爱情死亡后

人分三种

愚者多怨

仁者不言

智者不记

此刻

守口如瓶的人

正以智者的忠告

走出荒原

忽略所有故事

秋水伊人

秋天的翅膀一千次地拍打我的额头
我不是经秋的落叶
但秋天等我已久

走过闲置在岁月之外的爿湖
我的爱情先于季节被风擦去
涉水而至的伊人
请你告诉我水中闪烁的繁星
哪一双是爱情的眼睛
灵魂的灯盏

当黄昏摇出含在叶片里的纤细
冬梦正从小河的苦笑涉过伊水
而此时
你已自污泥出落成美女

霾

散开

像一只鸟

在眼前

没有光

隐没的喙

啄不破

手掌大的天

远方

缩在眼里

沾满忧伤

像多年前的一次飞翔

又落下

翅膀没有方向

心里盛着远方

茶

人

在草木之间

慢慢悟出禅意

与茶合二为一

水

徐徐唤醒春的幽长

像一道前世的光

刹那间

洞悉人生混沌初开的意象

一片新绿

一抹沁香

一壶往事

一时寂静

一尘不染

茶

历经洗礼

线条明晰和谐

泛着真理的徽记

茶

挟着少年般的柔情

轻轻一叹

就是一朵禅坐的莲花

脱胎为云

换骨为雨

在草木之间

悟着禅意……

谷粒穿过时空的手掌

谷粒穿过时空的手掌

如一匹奔腾的马

在流动的暮色里肆意蔓延

似智者燃烧的思想

伏在微微合起的书上

让无数种子充满深情

以迁徙的名义

醒来

在时间的深处

紧紧握着一垄垄金黄

擎起丰满的人生

站在歌声里

将曾经受挫的希望

和跌倒的信念

一一扶起

行者的歌

一

绿风安详地坐在一朵花的蓓蕾里

踏着不变的马蹄声

从我打开的书页里吹向田野

落满蝉声的小径

我粗浅的诗行

再次抵达丽日照不进的心灵

诗人的桂冠上

充溢油然而生的敬意

二

因为年轻

愚蠢的幸福总是黏附着我们

在熄灭最后一盏烛火时

开始狂乱而惊愕

三

水潜伏在鞋底之下

人何时都高过大山

最粗糙的磨砺

是最璀璨的饰物

就像梦魇使我们迷惑

又让我们警醒

四

这是一段历史

躲藏诚然已是徒劳

索性丢掉所有雨具

无须任何安慰

逆流而上

迎向彩虹

五

旅馆之夜

思念占据了睡床

疲倦的行程

勇敢地爬上邮筒

鹅黄的新月让夜更加嶙峋

唇印和泪水合谋的爱情

曾经令人心碎

而现在使我走向圆满的道路

何时才是尽头

六

无数惊慌的眼睛

被暮色放逐

含着泪水

忽明

忽暗

夜，分秒兼程

奔向一扇慢慢打开的门

七

烛光被晨风卷走

行囊站上——

橘红色的地平线

背后是被喧嚣挤垮的

夜

八

脚步告诉我

欲望是最好的向导

九

山与山之间是迂回的路

颤动着漂泊的雨

它，对这个季节陌生

似乎只是为了和我们打个照面

就匆匆开始漂泊

十

路是太多脚步垒成的远方

是时间托付的希望

十一

山那边的那边

是一片叫作故乡的土地

那是祖父的祖父讲给父亲的远方

它盛着世代传承的手艺

锄头和犁铧开始在都市流行

为了从水泥中挤出的一粒麦子

我写下一首诗

那是父亲蹲在地头

用一双粗糙的大手

扒拉着蔫吧谷苗儿的记忆

他脖子上系着石头

头发缠满青草

爱人

如果记忆是葱郁的林野

你就是茵茵的碧草

萦绕的鸟鸣

只有你

我的爱人

永远地

恒在我的梦中

　　——漾着心香

恒在我的指间

　　——瞻望岁月

彼岸花

一生，这么长的时间

错过的人

错过的事

是拼不回的昨天

人生的册页

千转百回

过于执着

往往让人绝望

像个孩子

一样无助

自顾

自怜

时间的对岸

永远是遥遥无期的距离

黎明之前

光明在牢笼里

灯守着长夜

生着鳞的羽毛

吞没一切黑暗

智者的箴言像断线的纸鸢

曾拴在耳边

又随时光飘远

飞蛾

无法掩去自己的棱角

就像光明伏于暗夜

开一道门

留一朵窗

都无法阻止自由的光芒

用火的仪式

穿过夜的国度

吟唱

光明的颂歌

故乡的大河

故乡是屋前的大河

静静地流淌着

匆匆

最终还是离我而去

留下色彩斑斓的童话

不关

脚步与天边

不关

幼年与暮年

天涯海角

青春接近尾声

离别转为怀念

竹马远走

青梅嫁人

往事如琥珀封存愧疚

最深的伤害来自自己

以为到了天涯

就能到达永远……

最短暂的芳华

却也是最动人的心跳

青春的底片

要用一生冲洗

青春如梦

爱意随心

情人易散

记忆

未曾走远

因为

我们还没有和青春好好说声再见

爱在天地间

——“5•12”汶川特大地震一月祭

5月12日14时28分，这一刻，时间停滞

地震撕碎了平静的巴蜀大地

摇曳着汶川的山河

顷刻间

万间房屋尽毁、无数生命陨落

一切的美满，瞬间被击得粉碎

世界空旷得仿佛只剩下一个人

瞬间没有了其他声音

闰土之下埋葬的是分秒之前的曾经

山塌了、河断了、楼倒了、路拧了……

废墟中的钢筋和瓦砾狰狞着指向天空

惊恐未定的泪水

在黑暗中奔腾

每一个平凡的生命背后

都有着无数个守望的眼睛

一张张陌生的脸庞被寄予着再生的希望

一千个夸父奔走在抗震救灾的道路上

一万个愚公正在把梗阻的大山搬开

一亿个精卫要把灾难的大海填埋
与上天相比，平凡的人们更有上天的禀赋

惊恐中
一盏怎样的灯，才能抵消心中的黑暗
茫然的双眸，映出刚刚经历的险境
让我们得以重新打量生命
在众生悲恸中，我们领悟生命的无限珍贵
“妈妈不要伤心，我们会找回爸爸”
孩子歪曲的字
透过记者的镜头
让人们看到了希望

五月最残忍的痛
看不见血
生命中所有的脆弱、无助、悲凉都被放大到了极致
人心的悲悯和爱也被放大到了极致
在余震不断的这方天地里
每个人都显得异常渺小
也都异常坚强
没有人愿意蛰伏于记忆的暗房
只有失却灵魂的人，才会失去家园

“来世我们还是一家人”

那一刻，丈夫坚实的背就是妻子最安稳的床

“亲爱的宝贝，如果你能活着，一定要记住，我爱你”

母亲用身体保护了孩子，在手机上留下爱的遗言

劫后余生的少年

是被流放的天使

带着“请给我一杯冰冻可乐”的灯盏

冲破黑暗坚硬的围墙

以萤火的微光在茫茫天地间

提着属于自己的灯盏

照亮所有漂泊的路

（2008年6月12日凌晨4时20分于安县）

第二辑 局部

梦幻 · 三十六枚枫叶

第一枚枫叶 · 心的回应

伊说

在某个清晨

将一枚枫叶贴在胸前

可以听到秋天沁凉的心音

第二枚枫叶 · 季节的回应

当再次在某个金色的夕阳里

不期而遇

当再次在某个温馨的夜里

悄然想起

也许那时我已将你

忘记……

第三枚枫叶 · 把你放进一首诗里

你在我的诗里

永远不曾老去

第四枚枫叶 · 海的回应

涨潮的夜晚

我的心

是一只没有桅杆的船

第五枚枫叶 · 船的回应

启航的消息

打湿我多少探险的梦啊

第六枚枫叶 · 当下

产生于过去的现在

正孕育着伟大的将来

第七枚枫叶 · 渔夫的回应

望不到海时

灵魂变成帆

酝酿成海的化身

第八枚枫叶 · 缘分

走着走着

就

淡了

走着走着

就

散了

第九枚枫叶 · 希望的回应

当思念飘成眼前的白发

我永远是那个和门楼一起眺望

原野的孩子

第十枚枫叶 · 无声

路

越宽广

越拥挤

第十一枚枫叶 · 渡口

放过那些曾经迷途的爱情

就是宽容自己

第十二枚枫叶 · 迫近

美丽

只是一段不长的距离

第十三枚枫叶 · 春雪

圣诞老人的珍藏

寄给大地上每一个听话的孩子

第十四枚枫叶 · 露珠

少女的心事

在阳光下走失……

第十五枚枫叶 · 细雨

一瓣心香

一枝气节

染我为秀色

第十六枚枫叶 · 柿子

撑一处微弱的灯盏

站上家乡的老树

像老者的话语

道破时间和蜜糖的秘密

第十七枚枫叶 · 情人

就像美好情缘的牵挂

只有在夜深人静时

才轻轻打开

第十八枚枫叶 · 日出

五彩斑斓的网

镶着沉醉欲滴的橘边

缓缓地把白天从海面拉起

第十九枚枫叶 · 玫瑰

一个布满荆棘的古老传说

等待虔诚而执着的探险者

第二十枚枫叶 · 月光

从盛唐跋涉而来的月光

可曾带来故乡

离别的消息

第二十一枚枫叶 · 萤火虫

满池的墨汁

只为画一幅

大写意的灯笼

第二十二枚枫叶 · 记忆

行走在阳光下

都会有着沉重的影子

第二十三枚枫叶 · 往事

记忆被日历风干

孤零零地

在眼前晃来荡去

第二十四枚枫叶 · 方法论

人生的道路

捷径离成功最远

第二十五枚枫叶 · 夜雨

云涌成的夏天

大地没有痕迹

但我已经走过

第二十六枚枫叶 · 寂静

春来无声

花开无声

月盈无声

只有透明的河水

唱吟高贵的纯洁

第二十七枚枫叶 · 释然

告别

是为了走更长的路

第二十八枚枫叶 · 炊烟

母亲手中升起

一家人的风调雨顺

第二十九枚枫叶 · 黑夜

是醉了

还是梦了

钟声静静地

第三十枚枫叶 · 风铃

欲望的火焰被遏制

膨胀的灵魂得到安息

第三十一枚枫叶 · 灵感

只是一个捉迷藏的游戏

第三十二枚枫叶 · 诗歌

对于生活

我可以

不去爱、不想爱、不能爱

但不能失去

爱的能力

第三十三枚枫叶 · 日子

一路捡拾

一路失去

第三十四枚枫叶 · 烟花

一生太短

能够绚烂地绽放一次

已是难得

又何必刻意

追求成为不一样的烟花

如果……

能

最好

第三十五枚枫叶 · 孤独

你的孤独

也许来自你的贪婪

贪婪的人

怎么会有一颗富足的心呢

第三十六枚枫叶 · 未完成

小桥架起的空间

此岸是今天

彼岸是明天

诗梦的捡拾

——读诗人李伟强《梦幻·三十六枚枫叶》

陈明火

陈明火，著名文艺理论家、诗人；湖北省作协五届委员，鄂州市作协常务副主席、名誉主席；主要著作有文艺理论集《挑剔名作及评点》《作文的秘密》《送别诗的秘密》；诗集《无锁的情空》（中英文版）《陈明火短诗选》，散文集《峒山的名片》等。

诗人李伟强不知在何年与“梦幻”有缘，竟在如痴如幻的梦魂里，收藏了“三十六枚枫叶”。那色彩斑斓、形态各异的梦中“枫叶”，硬是让我心动，让我俯身于诗的梦境，虔诚地进行诗梦的捡拾。

诗梦是单纯和透明的。诗梦中那充满想象力的“枫叶”，为我们创造了一个充满和谐、匀称和优美的艺术世界。

“伊说 / 在某个清晨 / 将一枚枫叶贴在胸前 / 可以听到秋天沁凉的心音”（第一枚枫叶 · 心的回应）。这种感受非同一般。“枫叶贴在胸前”，瞬间，

"心"既感受到秋的"沁凉"，又听到秋的"心音"。

这是梦中枫叶的"回应"吗？不是的，这是两颗相通之心的"回应"。若无一种诗心的美丽，这种细腻而温馨的感受是难以捕捉到的。

"当思念飘成额前的白发/我永远是那个和门楼一起眺望/原野的孩子"（第九枚枫叶· 希望的回应）。"思念飘成的白发"可见其情真，即便是这样，"我……和门楼一起眺望"，这种执着的追求是多么让人心驰神往！那"原野的孩子"是"希望"中的希望，哪怕一生的追索，也是心甘情愿的。

诗人的"思念"被赋予了多层的含义，那情意的感染，给人一种震撼。类似这种入心入神的诗句俯拾即是：

美丽/只是段最长的距离

——《第十二枚枫叶·迫近》

少女的心事/在阳光下走失……

——《第十四枚枫叶·露珠》

母亲手中升起/一家人的风调雨顺

——《第二十八枚枫叶·炊烟》

是醉了/还是梦了/钟声静静地

——《第二十九枚枫叶·黑夜》

读罢这些看似平淡、内蕴极深厚的诗句，总感觉心空的田野上有一阵清新吹过，那诗梦一样飘逸的充满生命力的芳香，令人赏心悦目。

"美丽/只是段最长的距离"，其间的情思与理想契合；"少女的心事/在阳光下走失"，真可谓形神兼备、出语不凡。诗意的幽远而宁静，用语的清纯而空灵，凸显了诗作为抒情艺术那种优美精致的特性。

诗人李伟强梦幻中的"枫叶"，总是那么情有独钟。"从母亲的手掌中升起/一家人的风调雨顺"，"钟声静静地"，这些不同凡响的陌生化的词语组合，的确是诗人智慧的开发。

聂鲁达说："也只有走在那平凡的人所走过的路，我们才能把各个时代剥夺下来的宽裕与宽大，再度送回诗的世界里。”诗人李伟强能把前人反复吟咏过的事物，寻找到日常生活的寻常之美，绚烂出自己梦中的诗句，真正让我们满怀敬意。

一首好的抒情诗，应是艺术美的结晶，它能超越时空的限制，唤起人们的审美情趣。你想忘记那永远难忘的某个值得你怀念的季节，诗人为你表白内心的感受：“也许那时我久已将你忘记”（第二枚枫叶 · 季节的回应）；“就像美好情缘的牵挂：只有在夜深人静时 / 才轻轻打开”（第十七枚枫叶 · 情人）；前面的“大地没有痕迹 / 但我已经走过”（第二十五枚枫叶 · 夜雨）；即使“望不到海时 / 灵魂变成帆”，也要“酝酿成海的化身”（第七枚枫叶 · 渔夫的回应）；因为“小桥架起的空间 / 此岸是今天 / 彼岸是明天”（第三十六枚枫叶 · 日子）。

“诗是由真实经过想象出来的，不单是事实的，也不单是想象的”（戴望舒《诗论零札》）。当然诗人李伟强的有些诗梦不全是比生活更美的艺术想象的产物，还有待诗雨的滋润，暂不在捡拾之列。

2000 年 9 月 3 日

爱的二十四个瞬间
——写给儿子的诗

24节气是中国人生产和生活的指南。有关24节气的介绍往往止于天文、农业、养生等专业常识，《爱的二十四个瞬间》作为诗人写给儿子的箴言诗，从成长、影像的视角出发，将人物与诗歌置于24个节气和固定的空间，用真诚而朴实的语言，为我们展现了一幅爱的画卷。

亲爱的佑佑
清晰记得
第一次抱你
像岩石与苔藓相依的宿命
小心翼翼
抱起你
抱起一个
大大的惊喜
像刚刚萌发的蓓蕾
记忆着
孕育的挣扎与剧痛

谷雨

4月20日，星期五，多云
2018年

摄于鑫城湖心亭

清明

摄于鑫城湖心亭

4 月 5 日，星期四，小雨转晴
2018 年

这段时间忽然觉得
你长大了
我也想
把自己变得复杂
可……
我发现
自己错了
其实你的世界
从没改变
还是
那么简单

一向给他人做嫁衣

何曾想

你出生后

自己竟成了一块布料

在你咿咿呀呀的手语下

被裁剪、揉捏、粉碎、重塑

无论代价如何

甘之如饴

春分

3月21日，星期三，晴

2018年

摄于鑫城湖心亭

突然一下子热闹了
大地醒了
从冬天赶来的梦想
都变成了种子
从你好奇的眼睛里
撒着欢儿地
奔跑着
像赶赴一场春天的约会
像爸爸、妈妈最初盼着
你的到来

摄于鑫城湖心亭

惊蛰

3月5日，星期一，多云
2018年

你像风风火火的鞭炮
从去年的年尾
走进今夕的年头
向一程
红红火火的岁月
致敬

雨水

2018年2月19日，星期一，晴
摄于山东老家

立春

2月4日，星期日，晴
2018年

摄于鑫城湖心亭

你伸出小手
指挥着我的方向
那是
自天庭伸开的美丽触角
纤柔地飘落在我的怀里

日子一天天堆起来

推着你会爬、会坐、会站、会走

会叫妈妈、爸爸和蛋蛋

时间见证了你的成长

丰满了我们的幸福

完美着

人世间这血脉注定的相遇

大寒

摄于鑫城湖心亭

1月20日，星期日，晴
2018年

苛求完美
永不满足

冬天和雨水不用相约

它们就会碰响欢乐的酒杯

你伸出的小手

碰触的不是寒冷

而是欢乐

小寒

1月5日，星期五，雪

2018年

摄于鑫城湖心亭

亲爱的宝贝

还是找不到一个词

把对你的爱收纳

无论放在手心

还是含在嘴里

心都悬着

冬至

12 月 22 日，星期五，晴
2017 年

摄于鑫城湖心亭

睡梦里

你一脚踢开

梦的羁绊

让我

在你泪花洋溢的眼里

看到了一个

长不大的自己

摄于鑫城湖心亭

大雪

12 月 7 日，星期四，晴

2017 年

小雪

2017年

11月22日，星期三，多云

摄于鑫城湖心亭

我偷偷把夜的时间拿来

只为再多几点钟的陪伴

立冬

摄于鑫城湖心亭

2017年11月7日，星期二，晴

亲爱的宝贝

你什么时间成了潜伏的高手

只是一转眼的瞬间

冷不丁地发出个“爸爸”的声音

竟把我吓了一跳

也把自己吓了一跳

霜降

10 月 23 日，星期一，多云
2017 年

摄于鑫城湖心亭

比预定的时间来的早了些
摇摇晃晃地
你
像秋风吹动的小树
猫着腰
钟摆似的站了起来
舒展开胳膊
活脱脱
一副飞翔的样子

寒露

10 月 8 日，星期日，雨
2017 年
摄于鑫城湖心亭

爬行原来是最早的脚步

像镜子里的自己

哭和笑

都是没有主题的爱

是时间碰了他一下

秋分

9 月 23 日，星期六，晴
2017 年

摄于鑫城湖心亭

每个孩子

都独一无二

他们未涉世事

所以

与众不同

摄于鑫城湖心亭

白露

2017 年 9 月 7 日，星期四，晴

亲爱的佑佑

写这段文字时

心里老有一句话

前不着村

后不着店的

就硬放这儿吧：

“谢谢你——

让我这么爱你”

处暑

8月23日、星期三，晴
2017年

摄于荥阳果园

果实挂在树上

那是收获

你住进我心里

那是幸福

立秋

摄于鑫城湖心亭

8月7日，星期一，晴
2017年

我祈祷
从今往后
每一天、每一分、每一秒
你都要健健康康
快快乐乐
少一天、一分、一秒
日子都不是完美的
如此
对这个世界
我再无所求

大暑

摄于青岛

2017年
7月22日，星期六，晴

遇见，是一切的开始
就像天遇见地
人遇见人
有了永恒
成就了生命
亲爱的佑佑
当你的小拳头
遇见你的小情绪
可是不小的脾气

小暑

摄于鑫城湖心亭

2017年

7月7日，星期五，晴

轻轻闭上含羞草样的睫毛
把美美的梦乡
纳入夜色眸子的深处
怀抱是博大的天空
臂弯是梦乡的摇篮
歌谣是温柔的邻居

夏至

摄于鑫城湖心亭

6月21日，星期三，晴
2017年

已经第五次给你理发了
那些零碎的记忆
小心翼翼地停在昨天
几番梳理中
径自走远
唯有你头顶留下的“髫髫”
成了“秘密”
那是你不知道的另一份爱
伴着你

芒种

2017年

6月5日，星期一，雨

摄于鑫城湖心亭

亲爱的佑佑

天地会变小

而你会长大

小满

摄于鑫城湖心亭

5月21日，星期日，晴
2017年

哭吧

笑吧

爱是没有主题的

就像

一棵树上的两种果子

而掩护它们的

是一样的叶子

立夏

5 月 5 日，星期五，晴
2017 年

摄于鑫城湖心亭

亲爱的佑佑
这是我们共同迎来的
第一百个早晨
你的到来
打开了我心底最美丽的世界
每天都有惊喜带给我的你——
还是那么的小
像一粒胚芽包含着一个梦想
刚刚探出头
童话样的眼睛
羞怯地瞧着我
探视着这个世界

创作谈

爱就是陪伴

越是丰盈，越能敏锐地感觉到它的流逝。

《爱的二十四个瞬间》，我不希望它只是成长的纪录和诗歌的存在，更希望是长长久久的陪伴。

因为我人生中最重要的角色还是父亲。

一瞬光阴，悠悠划去。爱的心湖，却在岁月里泛着层层暖意。

我感动于这份爱的饱胀感。在我体内最空旷的地方逐渐被瓷瓷实实的每个永恒的瞬间填满，慢慢地将充盈的幸福传递到心肺，在所有的血管中奔流，淹没我的发肤，再从每一个毛孔蒸腾出去，我渴望被这美妙的饱胀感浸润着。

“在这个世界上，没有一个人是孤岛，失去了陪伴，也就失去了生存的意义。”《朗读者》里的这句话让我动容。

时光郁郁地流逝，没有任何安慰，但这仅仅是之前的感觉。

陪伴的背后存在着莫大的幸福，它让我一次又一次找回了幼时简单的快乐和幸福，找到了填补每一个瞬间的东西。

人到中年，原以为今后一切都可宿定，吃什么口味，穿什么衣服，交什么朋友，日子怎么过，孩子怎么带……可最后却因为儿子出生的“惊喜”让每一天每一刻，没有一桩一件能“定”，生活对我来说依旧是闻所未闻、见所未见。

每一个早晨都与其他的早晨不同，从看见你依然还在熟睡的“小样儿”开始，即便这只是像窗前的嫩芽那样微小的变化，经过一夜的生长与昨天早晨相比，今天又是另一番惊喜，我也完全是另一个人了。

日暮时分，你睡着了。世界顿时平息下来，你微微的酣声在寂静的屋内沙沙作响，像风吹过丛林与我窃窃私语。我俯耳细听，什么也未听懂，但我已经知道你想要告诉我什么。

瞬间因为陪伴永恒，陪伴因为分享快乐。

我想留住这一切，抵抗遗忘。在喧哗浮躁的当下，从容淡定过一生的梦想是那么遥远，或许很多人已经遗失了生命里那份曾经纯净的初心。我们都需要时间，学会与自己和自己之外的人交谈，学会陪伴。静下心来，打量一下自己，看看自己的内心，那里是否长满荨麻和蒺藜，以便能站在更加明智的视角观察生活的高度，领悟成长的欣喜。

夏天到了，百灵鸟的歌声响彻空中。亲爱的儿子，让我牵着你的手，你伴着我的心，从现在开始一路走向旷野，一起走向更为广袤的天地！愿你一生有诗陪伴，愿所有应该敬畏的，百炼成钢！

2018 年 5 月 4 日

第三辑　润　声

一生一阙歌

时光用记忆盛装记忆

记忆是记忆的另一种存在

噙着花香的水草没有记忆

只有潮声掩去的脚印

遥远的彼岸住着鱼的家族

在水边

他们的一生就是一朵浪花

时间是个过客

临水而居的姑娘曾在此隐去

又自秦风归来

水，永远走不上岸

宿命顿悟在湖泊

从不停下脚步

像光，伏在夜里

芦苇隐喻在书中

披着时光的长袍

离世俗很远

离阅读很近

今夜，水草低伏

月光潜入书香

却无法收回远去的裸足

满湖情种，半泊秋色

如焰，如火

膨胀夜的诗帆

唤醒晨光同行

星一程，月一程

走进汲水的土陶

幻出百般的颜色

今夜，河水生光

时间裸露

你

迈出千年的时空

怀揽似水的流年

跨过生命的长河

擎着思想的火炬

穿越丰沛的长夜

涉水而来

永恒的思念
——读 C . 迪安纳摄影作品《怀念》

透过不可逆转的镜头
隔岸的风光已引人入胜
在生命回眸间成为久远的注释

是谁捏取了我流浪的目光
忘却舞蹈的阳光、徘徊的月影
情愿困在原地
成为经幡一秉虔诚的信徒
匍匐在飞鸟、流云的脚下

从没有见过这样的单纯与强烈
从没有见过这样的高雅与宁静
从没有见过这样的悠远与辽阔
从没有见过这样的温馨与舒适
它使许多虚无在心中成为历史
它使许多记忆在流失中变为永恒

怀念您——
境头与自然结合的伴侣

怀念您——

将生命与艺术推向璀璨化境的“诗人”

习惯

喜欢看雪
喜欢看漫天的雪
和由雪而至的宁静

喜欢林间随意飘过的风
风起于青萍
却深入净土

喜欢雨
喜欢风云变幻的景象
和雨里写下的书

喜欢写作
青春飞扬在缤纷的花蕊
内心却潜伏着巨大的风暴

满月下

在散发着薄荷味的满月下
时间有着孤独的美
诺言
像飞鸟呢喃一串绵绵细语
欣慰一段又一段欢欣的旅程
那是被夜风装订成册的月光
此刻
你来与不来都一样，竟感觉
这雅洁的满月像你
尤其隔着这样浓浓的思念
想起爱情这幸福的精灵
多么古老、多么年轻，而我们的
又是多么的东方
满月下
一地的露珠睡着
想来你也睡着
那就用这段夜色为你捡些露珠
串一帘幽梦
挂在你——
清晨睁开的眸里

春之絮语

阳光，冲破寒夜
还没和立春的雨水打个照面
鸟儿便啼绿了枝头
所有生命都怀揣着满满的祝福
像极了自信满满的人儿
充满富足的感觉
安分地——做着自己

远方的树
在晨曦里缓缓醒来
绿盈盈的风
从枝桠的眉宇间轻轻掠过……
唇边沾满蜜糖
涌进春天
以暖香筑一道风姿楚楚的墙
墙里
雪痕闪耀
笑声成群

白桦树

站成了春色

小路画出了风景

欢笑、追逐占据着古板的公园

感染了俏皮的旷野

最美最动人的春天

是诗人密语的红唇

所有文字在花瓣上同时开放

孩子拥有所有风景

并生动所有风景

所爱

炊烟绕梁

夏虫声声

此起彼伏的晚霞

是夜色打捞不尽的风景

晚风走了又走

湖面皱了又皱

相爱的人渐渐老去

相爱的心永远年轻

鹰卸下风声

鹰卸下风声

落在山光岚气中

成为一块岩石

一道永不消失的闪电

俯视苍茫的阿尔金山

暮春而动的羚羊

是雪峰最早盛放的

繁花

拥有整片牧场

崭新的绒袍

踏着新雨的鼓点

唤醒寂静的涛声

敲沸

鹰的血液

花开自然

不用在谁的指尖行走

不用看谁的脸色过活

无论在哪

种下一粒种子

都会报以满目色彩

欢颜由衷

不含刀枪

花开自然

自食

自顾

自美丽

爱从离开那一刹那开始

失去是开始的另一个姐妹

认识一个人

或忘掉一个人

爱都是从离开那一刹那开始的

赴一个精心的约会

就是完成一次爱的朝圣

世上有多少痴心的人

就有多少条朝圣的路

天堂是自由的

朝圣是熙攘的

青春是孤独的

记忆是易碎的

春光是复来的

爱，是比去年更盛的

玫瑰与刀锋

谁能测出玫瑰与刀锋的距离

奔跑的欢笑击倒脚步的悲哀

划过夜空的翅膀

挂满方言

跌入寂静的心中

溪水摇摆

唱响一汲书稿

我便是传说中的诗人

缓缓走过

玫瑰色的黎明

汇入人群的合唱

歌声

在一支开头就奔向结束的

乐章里明媚

时光序章

一

十二月

一年里最后的日子

阳光从颂词的高度

直抵岩石的内心

捧读一篇童话

水晶鞋

投映出一片森林的剪影

像最朴素的箴言

隐匿在日常的生活

从一个童话到另一个童话

故事完美而短暂

舒展而沸腾

擦亮所有火柴

把心烧成火炬

无星无月的夜里

我将向谁走去

二

一个吻里的爱情

正沿残破的琴声

一根弦绕过另一根弦

迎着七月的潮头奔跑

像爬山虎随日子努力地攀登

等一盏走失的渔火

破开夜幕潜回故乡

三

剥落的记忆

在静寂的四周弥漫

像萤火虫的光

若有

若无

一枚落叶

就是一段远行的时光

曾经的美丽

是更为孤独的仰望

已被灯光湮灭在笔尖抒情的深潭

木棉树

如果木棉树是男性的，那一定是我

只有他才能酝酿那样热切殷实的梦

千万相思染成的思念在我干裂的伤口中

绽成橘红色的火焰含笑于枝头

如有一日缓缓地自枝头飘落

像一首嘹亮的歌从云端唱到山麓

我便从此归于平凡

遂生出一个

深沉难言的记忆

用逐日浓密的绿叶

掩覆那焦灼奇异的心绪

星空的故事

时光如水

黎明的微光浸入大海

被蔚蓝抒写

被星星淹没

广袤的蓝

缀满羽翼

一群一群

驰骋

穿梭

在火焰煮沸的清晨

放下深刻

走向简单

夜，在慢慢变亮

雪藏在空中

夜，在慢慢变亮

像正在恢复光明的眼睛

窗外

一棵站了多年的树

还站在窗外

沉默地，忍耐着漫长的旅程

镌刻下一些感受和时间的故事

任凭雪暴冰封，黑暗讥笑

难掩它心里滔天巨澜

戳破时间的封锁

伸出热切的臂膀

纯粹的气息抵达生命的根须

云际鹰的翅膀掀起波涛

报送黎明全部的秘密

所有路在这里都找到了尽头

所有河在这里都找到了归宿

所有愿在这里都找到了盼头

唯有尘封的记忆

拖着，长夜的影子

呼唤

雪覆盖着越冬的巢

似恐惧爬上心坎

路在脚下悬空而挂

——只有白雪，没有方向

鸟儿走了

还会不会回来呢

余光中说

——南国有温暖的玫瑰盛开

咖啡的味道

午后

光从白色连衣裙透出

投在时光经过的杯里

这是我们的距离

一杯咖啡与另一杯咖啡的距离

语言躲进方糖

埋在杯底

连同你的吻

都藏在那涩涩的云影里

浓着那楚楚的美

墙上

壁钟展开双臂

宣告

时间已经过去

时间即将开始

我们

仿佛置身涨潮时分的沙滩

每一步

都是片片涟漪

这是我们所拥有的时间

这是我们能决定的生活

一个午后

一个人的故事

在一杯咖啡里搅动

我们还有多少时间可以相互问候

我们还有多少时间可以相互问候

冬天就要来临啊

窗外每一片叶子都在颤栗

昭示冬的罪证

雪已漫起

漫过了停滞的生命

我知道啊

我眼中靓丽着你生命的色彩

但我却不能

阻止淌出的泪水

将你的笑颜湮没

时间打破了

我们所有的想象

让所有的诺言侧卧在死亡的蓝晕里

咫尺之外的风景啊

芳草萌生

却掩饰不住心底刀口的伤痛

你问我：

“还记得吗

我们一起听过那竹子突围的拔节声……”

但

我们又如何突破暗夜

昭示新生

越来越短的花季

是怎样一种倾斜的美

如今

我的思绪如洗

你却用笑脸

构成最后的风景

金鱼

8 秒钟就够了

欢欣

你我每一次的遇见

都是久别的重逢

欢欣

你我每一次的重逢

都是撩动心弦的初见……

秋天的情话

一

你眼里的风

是风的塑像

带着骄阳淬火的金色

融入浓稠的时间

与秋天在一坛酒里不期而遇

倾注半生的真情

从心头流向天边

流进宣纸与水墨之间

等一枚红印

为一生落款

二

秋天是一棵开花的树

有少女样的娇羞

刚刚萌生的心事

无意间被一片叶子听去

一片传给一片

一棵传给一棵

最后都羞红了脸

有那么一段时间

有那么一段时间
年华是硬币的两面
春撑起一垄绿色
冬守住一亩荒田

有那么一段时间
每天以梦想喂养自己
幸福因为隔了距离
开心因为多了泪水

有那么一段时间
虚度的日子被一箱一箱搬走
就是那段时间
我不知道
有多少成功是机遇的平台
有多少成功是努力的结果

坐在夕阳的风里想你

淡淡的，云穿越黄昏
阳光烙上胎记
向我靠近
一种天然的亲切
如灯光
从窗口探出
张望情人的背影

一些记忆似曾相识
一些记忆灿烂缤纷
晚霞
无法在黄昏停留
像思念
无法在夕阳下枯萎

一个脚印，连接一个方向
一个身影，诉说一段真情
叶儿落了，我在树下想你
夕阳走了，我在风里想你
当我老了，我在诗里想你

把一生的韶华

交给一幅风景

纵然

写诗的人慢慢老去

诗里的你永远年轻

姐姐的花朵

天空藏不住一朵白云

世间最圣洁的花

从姐姐的手里破土而出

秋天，田埂的闺蜜

缠绕着姐姐

小时候向大地倾诉

长大了向姐姐倾诉

棉花

纯银打造的花朵

扎根通往幸福的甬道

一手挽着炊烟

一手揽着流云

采撷一次

温暖一生

在冬天

在冬天

寒冷

打在地上

心卷曲着

歉岁的雪

站在苍老的篱笆上

沿着树的年龄滴落

敲响春的第一声蛰音

没人听见

垒沙堡的孩子

落日以鱼的姿势降临

穿过云霞回到大海

海浪崛起于蔚蓝消失于蔚蓝

像一袭飘向天际的套裙

在波涛深处被我的目光挽留

大海创造一切

也吞噬着一切

一粒沙

就是一个梦境

沙滩上

游不回去的船

如收不回的手势

藏匿着大海万古常新的故事

带来流韵的

纹了身的水鸟

歌声在灵魂里升腾

屋子垂落在瓦片

敲出古铜色的声音

湿嗒嗒的篝火洞穿夜空

就有了一个家

这是一个多么美妙的时刻

辉煌深及孩子的骨髓

远方

积蓄万年的力气

化成水雾飘舞

自天外赶来

层层叠叠

每一桨都锋利如刃

每一沙都隐约带血

回望

篝火燃过的家园

大海

创造一切

毁灭一切

沙粒筑成的画

印在水上

这就是关于孩子

关于大海

关于沙滩和家的故事

画个春天

惊蛰在雨水与春分的宁静里

独自数着生命的步音

醉倒在一丛丛青芽幽梦

唱出雏鸟啾啾的歌声

把春天甩在希望的后面

在人生的路轨上

不分昼夜地行驶

一站

一站

永无休止地更新

像一颗孕育无限可能的种子

为每个譬喻生出一双翅膀

有梦与理想的高度

唐·吉诃德的路

疲惫

像陷入浓稠的表情

伸出修长的脖子

抖开翅膀

在简单的短歌里

在潺潺的流水里

在时间挨着时间的日子里

分辨出百灵鸟的歌声

从此不再为虚度的时光沮丧

心燃起的篝火飞越暮色

走进飘香的季节

土地和收成的话题

从一粒种子开始

三十岁，是生新的开始

播种、生长和梦想一样具有分量

黑暗酝酿的秘密

被一盏灯的意外出现

像冬眠的种子

被雨水拥簇着

奔跑在秋天的喜悦中

雪在三月纯洁的阳光里

雪在三月纯洁的阳光里

是一种尖锐的生机

她跟我们一样

成长也就意味不再拥有秘密

所以她爱黎明、中午和黑夜

熟悉的陌生季节

似硬币的背面

正让她经历疼痛

伫立在青春的山坡上

燃起生命的炭火

即使只有微小的马力

仍然用尽生命的热情

汇入阳光的合唱

风吹起的口哨

遮住她的脸

还没见到春天的归来

柳树

阳光像柳絮一样轻盈
轻轻地拂打着绿色的花穗
柳笛在疏落的犬吠中
一声一声地飘远
从那燃烧着血样的夕阳
我看到故乡傍湖的柳树
恰似云霞的秋千
荡在柳絮飞扬的四月
羽毛泛起黎明前的光芒
舞动辽阔的躁动
在田园、在沟壑、在路旁、在水塘
播种……
在风雨里发芽
在自由里长大
在油绿的田间
归来

感觉

年少的忧郁

是枯叶遮盖的斑斓

被精心打扮的素笺收留

将忧伤升华到爱情的位置

恰似寂寞夜空画上的月亮

为青春签发一张通往高贵的许可

把许久的苦味

酿成蜜的季节

结出智慧的果实

雨天的书

心被雨反复敲打着

视野之内湿漉漉的

展开的信纸挂满泥泞

流利的笔锋欲言又止

面对高过天空的花朵和奔腾的河流

进退两难

前行的道路如何迈向圣地的岔口

希望应落脚哪个方向

才能赶上渐远的背影

当夜融入最后一丝阳光

紧闭的眼睛

又该做怎样的梦

槐花开时

花香聚在四月
铺展一道风景
冬天的话题是春的种子
填满喧闹的记忆

一树槐花
一层嫩叶
春愈聚愈浓就浓成了四月
人愈走愈远就走出了故乡
花愈开愈繁就串成了思念
压住记忆
如沉重的香料

在花间
成为记忆的面具
思念的符号

最幸福的人

幸福

被一群孩子吵醒

睡意全无

溪涧

几个五六岁的孩子

光着身子

有节奏地

划动简陋的竹筏

阳光在他们身上

泛出黑金的光泽

他们

忽而用力划动竹筏

忽而“哗啦”跳入水中

忽而大声欢笑

孩子的世界

繁衍着孩子的快乐

他们

没有像样的布偶

没有奢侈的电玩

甚至

没有件漂亮的衣裳

可是，没人有权觉得他们“可怜”

那么灿烂、那么自然、那么纯静的笑容

那是我从未见过的单纯

回头看看自己

忙碌填补着充实

应酬装点着岁月

何曾有过如此嫣然的笑容

怎样的人生才有意义

希望孩子们永远不必为此浪费时间

只有心中从未浮现这个疑问的人

最幸福

河流静止在鱼缸

流动的河流静止在鱼缸

奔腾后的沉静

是未经虚构的真实

消失在人群的一滴水

生命最宝贵的藏品

在旅程的路上

最好的风景

也不在身边

没有距离

也

没有思念

鱼是水的心跳

有水一样的自由

却没有水的远方

海棠花开

海棠
是春天得意的日子
攥着一丛丛青嫩的春芽
叶与叶挨着
花与花握着
彼此关照
互相温暖
像个家庭

尾声

每个人都有成长的苦恼

但不是每个苦恼都能找到愿意倾听的人

高高耸起的船杆

拥簇着孤零零的灯塔

贫瘠的只剩下骨感的美

那是打动人心的威严

天涯海角的味道

人声鼎沸的渔获

是一天的落幕

是星星们的再一次旅程

黑与白交错的瞬间

距离

充盈着我们的人生

一滴水

穿不过一条干枯的河流

繁花似锦

也避不开青黄不接

成长苦恼

不成长同样苦恼

满天的繁星

是未曾收割的希望

就像每天

被忽略的很多事情

风有自由的翅膀

游翔于空际的风

把小草还给大地

把庄稼还给田野

把森林还给树木

把爱放回心里

把心交给爱人

微风像记忆的宣纸

涂满

水淋淋的绿

悄然在纸上

化开

改变目光的颜色

在阳光下

生着自由的翅膀

跟着心

飞翔

相逢

折叠的路

沿着青石走来

你

玫瑰色的

倩影

在路上延伸

目光

是一坛陈酿

醉着我的挚爱

在纵横交错的小街

举起许多无言的梦想

染尽

离人的相思

缘

我发誓

缘这个字有着巨大的魔力

像早春阳光下洒落的冷风

掩去了真相

只有经历还在刻骨铭心

缘是一次相遇

两个各自放飞的风筝

彼此掣着对方的线

互相拥有力量

互相袒露悲悯

时间不是一件耐穿的衣裳

日子不停往复

缘这个字

在等待一次洗礼

雪的告别

走，一直走

雪挺起负重前行的夜色

路灯拉长绰绰阔阔的影子

被雪重重地裹着

看不到路的尽头

也看不到尽头路的延伸

雪，裹住路，裹住树，裹住潜伏的喉咙

结成一块凛凛的冰

孤独地沿途铺展它的阴郁

恍如逃囚的手

用猎人的方式

追逐自己逃走的影子

和针尖上无限放大的爱情

而身后

是被遗忘的雨水

正让月光的泡沫

浆洗着

去做一滴水

从干涸与贫瘠爬出

每一步都泛出水声

踏着沙砾的筋骨

为梦想颠沛

一迈脚

便是天涯

一滴水

也有大河坚韧的质地

不舍昼夜

一往无前

悟语

疏雨划过荷塘
蔓草
遍播心上

泅渡静水的花朵
可是南国故园
那个游移不定的少年
只因一段清澈的相遇
化作世间一株灵性的草木
一片聚散的云彩
凌波舞蹈的火焰
红莲如醉
白鸟自愁

流水一梦
遍地春远
时间的守望
被光阴加冕
暗香
走进水里的土

土里的蔓

蔓里的莲

莲里的花

在泅渡的静水划一道

深深的血痕

蛰伏于记忆的暗房

静等来年的春光

听一曲风光无限的曲

想一个静若莲花的人

不眠的思念

漫步在迟迟未去的新月中
读着镰刀留下的行行文字
等待一次异乡的漂泊
惜别的无声之语
让颤动的心
被秋风吹凉
月色溜进我清瘦的肌骨
敲打我心底的隐语
我呀
要告诉你
思乡是我秋天仅有的积蓄
比任何时候都深
泪自天空坠落
坠入我怀乡的病中

最明媚的天空

笑声如荒芜的阳光

随便踏出门去

这代人

好的心情到处可以捡到

“蓝瘦香菇”“有毒”“没毛病”

一些颠覆了传统的词汇

在“00 后”的话语体系中

没有贬义

没有忌讳

没有厄运

没有词语背后的晦涩

没有词语背后的瘴影

词汇又回到词汇本身

摆脱了僵化唯一的框定

他们

对事物对自己

有独特的理解和认知

似阳光下的笑脸

独自数着生命的步子

心迹

露水

是时光与叶脉告别时

温柔的一握

黎明

彻夜燃烧

直到每个人都把黑夜忘记

让种子重新鼓满希望

十年

幸福经过

平淡的日子

会把最爱你的人留下

花匠

过多的礼赞让脚步放慢

掌声拥挤

轻轻嗅一下野性的芬芳

真理集合成刀斧的力量

为我擦亮人生的火花

拓展前进的方向

巨大的疼痛

孕育不息

原始的野性已经消失

无需陈旧的声音

歌咏不朽

剪去不胜繁杂的过去

为新生张灯结彩

馆藏历史

生命最终被时间击倒
盘恒的时间永远不够

历史的尽头
是昨天凝固的相册
是今天流动的历史
钟声响了一半
另一半变为时间的擦痕
目光穿过今天的门窗
迎向每一个黎明
秘密停止
时间继续向前

真理的脚步深入迥异的土壤
枝丫伸在同一片天空
静静地梳理过往
造访内心
把行踪印上时间的版图
历史是昨天的选择
正接受今天的检阅

青春在记忆里洗旧如新

翻开日记

接近充满诱惑的城

年龄一页一页拾级而上

青春被庄重地题在日记的扉页

印着时光的履痕

在记忆里洗旧如新

青春踏着光阴

像融入水波深处的鱼

游弋在昨天的梦境

摊开拥抱记忆的双手

在明亮的风景里

和青葱的流年撞个满怀

青春是梦想的预言

有着坚韧的质地

拒绝苍凉和平庸

绝不做一颗干瘪的种子

不为风的呼唤迷失在尘埃里

点燃躁动的爱情

在青春的血液里奔腾流淌

逼近你眺望的身影

书一般翻开

一段又一段生命旅程

每一页都写满你的言行

代后记

膜拜中的心灵之旅

高源

岁月带走彷徨，沉淀欣喜。

《十年如一颜如玉》的出版，让我们在一个崭新的时间里，再次走近了诗人李伟强。

“时光刻意留下空白，只为一个恰好的跨度。十年，看似不长，却悠远留香……”循着诗人的心迹走进书中那些被尘封的记忆，也就走进了一个被遗弃的宝藏再次被开启的瞬间。

少年

李伟强是我的大学同窗，也是心灵相交的知己。

多年来，他的创作始终保持了对诗歌的热情、谦卑、敏感和真诚，他的诗日益贴近生活和智慧，由技艺的练习转向对内心的发掘和呈现……

翻开《十年如一颜如玉》这本书，你也就落入了生动辽阔的时间长河，诗人从成长和阅历出发，切入人生与情感，用极具辨识度的文字，呈现了人心智慧与一代校园诗坛精英的成长史。

“当过去不再照亮未来，人心将在黑暗中徘徊。”这是托克维尔给我们的警示。

要了解李伟强的诗，就不得不遵从这位法国社会学奠基人的警示，系统地梳理诗人近二十年的诗路历程。

李伟强的成长并不特殊，唯一让他略有不同的就是总挂着招牌式微笑，蓬松的刘海盖在额前，给人以亲切爽朗的感觉，只有在他沉默或者发出某句诘问的时候，才会暴露内心的警觉。

“当我无比热切地投入到写作时，才真切地明白除此自己别无所长，感谢命运的眷顾，给了我一个文学的梦想……”

正是点燃了文学的希望，写作也就成了李伟强在中学时代的“舒筋活络丹”，才让因成绩不理想而压抑在心里的高贵，像潮水一样涌了出来，诗歌无疑成了最好的表达方式。

然而，第一次往往是需要勇气的，但第一次也往往会带来意想不到的收获，很多时候，个人的第一次也带着深深的时代烙印和里程碑式意义。

初二下学期，李伟强尝试着给《青春诗歌》杂志投出了他人生中的第一篇稿子。3个月后，文章发表，坐在教室里，他偷偷翻开看了又看，读了又读，当时内心的兴奋与激动无以言表。

有时候努力不是为了展示现实，而是为了呈现梦想。

这么多年，正是少年的经历和长期以来的追求，让李伟强在众声喧哗中保持清醒，坚定不移地把握着自己的写作方向。就像他在诗里写的那样“一只麻雀 / 落在文字碾出的年轮里 / 歌声一瘸一拐 / 像一位吟诗的少年 / 告诉自己 / 目光彷徨 / 远方必将模糊”，始终以一个探索者的形象站立在读者面前。

和李伟强聊天是愉快的体验，一脸阳光、清朗的笑容，让人没有丝毫的距离感，然而探索者的心却是孤独的。

一边是游刃有余于文字的海洋，一边是磕磕绊绊的学习成绩。如何越过升学这道坎，走进高中继续脚下的路，当时对于一个少年来说是一头雾水和无限迷茫。

“青春是梦想的预言 / 有着坚韧的质地 / 拒绝苍凉和平庸 / 绝不做一颗干瘪的种子 / 不为风的呼唤迷失在尘埃里”。在文学的空间里，李伟强的价值观逐渐建立，在创作中更是找到了心灵的归宿和创作的信心。

每天以梦想喂养自己，一点点积累梦的筹码。

进入高中后，他开始利用一切时间去阅读、写稿，寻求自我突破。毕竟，叫一个涉世不深的写作者进入生活，用最简洁的文字形成意韵万千的诗歌，若非大才，显然是一项不可能完成的任务。反之，组织一些飘忽而优美的文字，却相对要容易得多。

因此，李伟强高中时期的诗作，更多地反映其心路历程，在诗歌风格的变化上虽有积极的探索，也只是探索的意义。

不可否认，这一时期是他诗歌写作的真正开端，它所透露的趣味与气质在相当一段时间的作品中清晰可见，成为其诗歌旅程中一个出发的“驿站”。

怀梦

1997 年，李伟强给自己选择了另一种可能。

正读高二的他，参加了一场全国性的征文比赛，并斩获“新秀奖一等奖”，还有赞助商奖励的一辆自行车。两天会议，最后只剩 18 元车费，自行车托运无法解决，从天津回到学校还有 200 公里的路程，如何回去?

“既然坐车成了问题，就骑回去。”就这样一路走走停停、停停问问，骑了 20 多个小时。

夜幕低垂，暴雨骤至。雨水抽打着地面，也抽打在李伟强的脸上、身上。一时间满身的疲惫、隐痛，加之某种孤独、无助和凄凉感油然而生。

那是一次人生刻骨的体验，更是一次自我的实践教育。这次经历让他体会到了生活的不易和成长的挫折，让他深刻地意识到摆脱学生气写作的桎梏，必须容纳生活中的“不如意”。

从灵动激进的“少年诗歌”到锐意青涩的“青春期写作”，李伟强思考问题的角度在发生变化。这些从他的《感觉》《青春在记忆里洗旧如新》的少年吟唱，到《夜，在慢慢变亮》《鹰卸下风声》青春期含蓄地追问，无不显露着其文字精致与优雅中暗藏的成长锋芒。

1997 年，他的第一本诗集《穿过你的黑发我的眼》出版，首发便引起广泛关注，仅当天就签售和邮寄出 2000 余册，累计销量达 3 万册。

“上学的几年，我和几个同学最重要的事情，就是每天帮他取从全国各地寄来的读者来信，一次少则几十封，多则百余封……”我们的大学同学、现为电视台主播的张敏回忆说。

此时，李伟强才开始意识到自己已经完成了梦想的积累。

“人生聚散，本是常事，无论怎样，我们总有藏着泪珠撒手的一日。”（张爱玲《不幸的她》）在诗人李伟强的青春里，这样的聚散同样不可避免。

青春期的爱情，无疑是急促又狂野的风。著名诗歌评论家刘家骥教授在发表于《城市早报》的题为《诗中的爱意》就提到“李伟强《滑落的季节》这部诗集收入诗人近两年作品 80 余首，爱情诗居半，其他为亲情、乡情、童年生活等的吟咏”。

诚然，这也成了所有名声鹊起于少年的写作者灵魂版图中不能割舍的记忆。

《滑落的季节》是李伟强的第二部诗集，与第一部隔了一年半的时间，他就读的郑州大学新闻与传播学院为其举办了首发式。著名文化学者、原副院长贾世秋教授出席并主持了会议。这是学院唯一一次为学生举办新书发布会。

当时，李伟强在文坛已开始崭露头角，已然成为文学大家和前辈期许的文坛新秀。著名作家、中国文联执行副主席冯骥才先生在信中勉励其要励志成为“新生代作家的生新力量”。

“读书是暗功夫，是为一个人插上‘隐形的翅膀’。写作更是受阅读的影响。但写作的过程，总是不免让人觉得纸上得来终觉浅。”

一方面继续诗歌创作，另一方面已师从著名摄影家吴世成教授学习摄影近两年的李伟强，已不满足于读万卷书了，而是开始规划如何行万里路。

苦旅

撕掉标签，给时间新的尝试，这几乎是一种釜底抽薪的行为——作品辨识度和读者关注度正在形成时，李伟强却要努力离开让他声名鹊起的诗歌。

他成了一只自由的鸟了，这只鸟只希望用力飞翔。

大二时，李伟强开始计划，利用暑假骑自行车丈量底蕴深厚的中原大地，边走、边拍、边记录，计划做一次河南古村落摄影展。

没有经费，找谁寻求赞助呢？

当时想到了一个风靡的啤酒品牌，李伟强便给奥克集团董事长孙志广寄去了自己的一封信，几天后就接到了回复。

或许是看到了诗人李伟强身上少有的闯劲和胆识，在深入的沟通后，孙志广同意以个人名义赞助其6000元钱，这笔钱在当时几乎是他四年的学费。

“没有这样的先例，但我相信你！孙志广先生的话现在我仍记忆犹新，那种被人信任的感觉真好。”李伟强回忆说。

第二天，背上相机和简单的行囊，他就开始了自己的第一次骑行。接下来的50多天，他走访了河南40多个村庄，开学时在学校如期举办了个人摄影展，轰动一时。

在青春期的写作过程中，李伟强诚实地以诗歌的形式记录下自己所经历的一切和成长的挣扎。他坦承自己有恐惧的时候，也需要克服人性的弱点——贪婪、创作枯竭以及无法实现突破的不平之心。

“很感谢在诗歌启蒙和成长路上无数次帮助、支持过我的这些前辈们，教导我如何过一个平衡生活，处理好创作和工作之间的关系。”他聊起冯骥才、石河、刘家骥、高耀山、陈超、曲近、李云鹏、张常信等前辈学者给他的鼓励。

“唯有经历之后，所有的回忆才会风轻云淡。我们无须向谁证明自己的过去，因为谁也不屑于别人的曾经。”李伟强沉思着说，“所有人的青春都是理想化的，只有触碰到冷漠，人才会感知、感恩温暖，懂得把什么放在心底，成为成长的一部分。20岁的第一次摄影行，就是希望自己多一次独自面对自己的机会，希望找到一片能够单独面对自己内心的净土。”

问道

30岁前，李伟强的形象几乎都是文艺气质浓郁的青年；30岁后，他却开始了对文艺青年的漫长告别——随后的几年，他离开了公众的视野，按部就班地做了一名记者，诗人变成了辅助身份。

2008年5月12日，四川汶川发生里氏8.0级特大地震，他作为医药卫生报社第一批派往灾区的记者，跟随河南省卫生防疫救援队，在茫茫夜色中上路，昼夜兼程向灾区进发。

经过了26个小时的长途跋涉后，他们到达北川。

那段日子是他无比珍贵的记忆，让他成为赴灾区媒体中唯一火线入党的记者。41天采访，80多篇新闻报道，3000多幅图片，也机缘巧合地见证了一个30岁男人的担当和成熟。

很快，报社组建广告中心，李伟强带着初创时的唯一一名成员开始了“创业”。

三年时间，广告收入总额从 200 万元增长到 1200 万元；经营的版图从广告中心到《医食养生》执行主编，再到河南卫生传媒公司总经理……卸下了“象牙塔”里背负的重重铠甲，经营中的李伟强活力蓬勃，宛若新生。

诗人、记者到经营者角色的转变轻巧而自然，都脱不掉李伟强那文艺青年的样子。

或许这一切正是由于媒体人和诗人的双重身份，才使得他对诗歌创作以及生活的本质具有常人难以企及的深刻。诗人身份使媒体这份工作不再枯燥，而媒体人的身份恰好纠正了诗人身上的某种偏颇，这也许正是李伟强能够一直保持开阔和理智的原因。

对“崇高”事物进行“还原”，是李伟强近年来的诗歌美学观念，以“简朴的形式和内敛的精神”来创作自己的作品。

初心

20 年文学塔积淀没有让李伟强囿于专业壁垒。他像个“漂泊者”，在游历了不同的领域，跨越诗歌、摄影、媒体后，2017 年，以充沛的锐气重拾文学，统筹创作了 27 万字报告文学《赢在实干》。

作为国内首部反映医联体建设管理类图书，原国家卫生计生委宣传司司长、新闻发言人毛群安给予特别推荐，中国医院协会副会长兼秘书长薛晓林，河南省卫生计生委主任阚全程，首都医科大学附属北京儿童医院院长倪鑫，河南省儿童医院院长周崇臣分别作序。

“信任是一种无声的鼓励与鞭策，它令我不得不更为谨慎地对待自己笔下的一字一句。”

谈起《赢在实干》的创作，李伟强难掩内心的欣喜：“我很庆幸自己写了这么一本书，我很庆幸这本书是自己多年亦师亦友的河南省儿童医院院长周崇臣先生的托付和信任，如果没有这个‘桥梁’，我不可能与书中优秀的灵魂有那么多交流与碰撞，更不可能受到那么多启发。”

“书就是你价值观的体现。”李伟强说，“进入一个新的年龄阶段，希望写的东西，首先是我想创造的，第二是我想把它留下来的，第三是内容是经得起时间考验的。”

正是有了这样的追求，让我们面对已经走入四十岁的李伟强时，没有看到同龄人身上表现出的生活的疲惫，更多的是向上的气息。

“四十岁 / 用最单纯的态度迎接生活 / 用看待他人的眼光审视自己 / 一路奔走 / 一路向前 / 一路顿悟 / 将辉煌淡然地举过头顶 / 在阳光下 / 保持缄默。”这是诗人李伟强给刚刚跨过不惑之年的自己写下的箴言。

或许是走了这么长的路，总算找到了失去的自我，又活回了真实的自己；或许是回到了最本质的状态，有了大把光阴思考和展望未来；或许是以功利、物质、背景来彰显伟大的时代已经过去，此刻，平凡与恬淡中更显伟大。

关于诗歌，关于伟强。

我们有太多复杂的感情，也有太多值得分享的故事，他生活中累积的一切，正是现在的我们想知道的智慧。

而对于未知的明天，诗人李伟强为我们带来的必将是一首更加激情澎湃的诗。

（高源，作家、诗人；原《新生代作家》主编。在《南方周末》《中国青年》《家庭》《知音》《妇女生活》《深圳青年》《莫愁》等刊物发表有散文、诗歌、纪实文学共计 100 余万字。）

2018 年 5 月 2 日

十年如一颜如玉

Excellence
卓越者™